마법의 시간여행 27

처음 맞는 추수 감사절

오랜 시간 추수 감사절을 함께 지낸 친구들
– 빌, 루 앤, 미키 그리고 알란에게

MAGIC TREE HOUSE # 27
THANKSGIVING ON THURSDAY
by Mary Pope Osborne and illustrated by Sal Murdocca

Text Copyright ⓒ 2002 by Mary Pope Osborne
Illustrations Copyright ⓒ 2002 by Sal Murdocca

마법의 시간여행 27

처음 맞는 추수 감사절

메리 폽 어즈번 지음

살 머도카 그림／노은정 옮김

비룡소

차례

이야기를 시작하기 전에

어느 여름날 펜실베이니아 주의 프로그 숲 속 나무 위에 신기하게 생긴 오두막집이 나타났습니다.

아홉 살인 잭과 일곱 살인 동생 애니는 그 오두막집을 발견하고 안으로 들어가 보았죠. 그 안에는 책들이 가득했어요.

잭과 애니는 그곳이 평범한 오두막집이 아닌, 마법의 오두막집이라는 것을 알게 되었습니다. 책에 나오는 곳 어디든지 잭과 애니를 데려다줄 수 있는 신기한 힘을 지닌 오두막집이었어요.

그저 책에 있는 그림을 가리키면서 거기에 가고 싶다고 말하기만 하면 되었죠.

잭과 애니가 모험을 떠나 있는 동안 프로그 마을의 시간은 그대로 멈춰 있었어요.

이 오두막집의 비밀을 풀면서 잭과 애니는 이 집의 주인이 모건 할머니라는 걸 알게 되었습니다. 모건 할머니는 아서 왕의 시대에서 날아 온 요술쟁이 사서였어요. 시간과 공간을 넘나들며 책을 모으는 사람이었죠.

잭과 애니는 모건 할머니를 돕기 위해서 다른 시대, 다른 곳을 탐험하면서 가슴 두근거리는 모험을 했어요. 모건 할머니는 그에 대한 보답으로 이번에는 잭과 애니에게 마법을 가르쳐 주려고 해요. 잭과 애니는 신기한 마법을 찾아 여행을 떠난답니다.

1

잔치? 무슨 잔치?

"가자. 숲에 가서 확인해 보자." 애니가 잭의 방
문 앞에 서서 재촉했어요.

"하지만 오늘은 목요일이야. 이따가 할머니 댁에
갈 거잖아." 잭이 말했어요.

"알아. 하지만 왠지 마법의 오두막집이 돌아왔을
것만 같아. 모건 할머니가 우리한테 새로운 수수께
끼를 보냈을지도 모르잖아." 애니가 말했습니다.

잭은 애니의 느낌을 믿었어요.

"알았어. 하지만 빨리 다녀와야 해."

잭은 이렇게 말하고 수첩과 연필을 가방에 챙겨 넣고 애니를 따라서 아래층으로 내려갔습니다.

"곧 돌아올게요!" 잭은 부모님이 들으시라고 큰 소리로 말했어요.

"바로 와야 한다!" 아빠가 당부했어요.

"잊지 마라, 오늘은 목요일이야. 9시에 할머니 댁으로 출발할 거다!" 엄마도 한마디 했어요.

"예, 알아요!" 잭은 대답했습니다.

"십 분이면 돼요!" 애니도 한마디 했어요.

잭과 애니는 서둘러 집을 빠져나왔습니다. 마당을 지나고 동네 길을 달려서 프로그 마을 숲으로 접어들었어요.

잭과 애니는 부지런히 달려 숲에서 가장 큰 나무 밑에 이르렀죠.

"야호!" 애니가 외쳤습니다.

"네가 옳았어!" 잭도 소리쳤어요.

나무 꼭대기에 마법의 오두막집이 있었거든요.

잭은 줄사다리를 오르기 시작했어요. 애니가 그 뒤를 따라 올라갔습니다.

둘은 마법의 오두막집 안으로 들어갔어요. 햇빛이 창문으로 비스듬히 들어왔어요.

"어, 지난 번 모험에서 가져온 선물들이 아직 여기 있네." 애니는 이렇게 말하며 셰익스피어의 극장에서 가져온 두루마리 더미와 고릴라한테서 받은 나뭇가지를 가리켰습니다.

"우리가 극장의 마법과 동물 사랑의 마법을 찾아냈다는 증거야." 잭이 말했죠.

"이것 봐." 애니는 어두운 귀퉁이에 놓여 있는 책한 권을 가리켰습니다. 책장 사이로 종이 한 장이 삐져나와 있었어요.

잭은 그 종이를 뽑았어요.

"모건 할머니가 보낸 거야." 잭은 종이에 쓰여 있는 글을 읽어 내려갔습니다.

잭과 애니에게,

세 번째 여행에서도 특별한 마법을 찾기를 바란다. 이 수수께끼가 너희들을 이끌어 줄 거야.

특별한 마법을 찾으려면
오래오래 고생하고 땀 흘리고 나서
마침내 모두 함께 모여
세 개의 세상을 하나로 엮어야 하리.

그럼 수고해라.

모건 할머니가

"그런데 누구랑 함께 모인다는 거지?" 잭은 궁금했어요.

애니가 책을 집었어요. 책 표지에는 나무 탁자 위에 옥수수 바구니가 놓여 있는 그림이 있었어요.

『기억해야 할 잔치』라는 책이었어요.

"잔치가 열리나 봐. 이곳에 가고 싶다." 애니가 책 표지를 가리키며 말했어요.

"잠깐만, 무슨 잔치? 언제 어디서 열리는 건데?" 잭이 물었어요.

하지만 벌써 바람이 불기 시작했어요.

나무 위 마법의 오두막집이 빙글빙글 돌기 시작했어요.

점점 더 빨리 더 빨리.

그러다가 사방이 잠잠해졌어요.

쥐 죽은 듯이.

2
쉿, 조용히!

잭은 눈을 떴습니다. 황금빛 햇빛이 나무 위에 있
는 오두막집으로 쏟아져 들어왔어요. 서늘한 바람이
상쾌했어요.

애니는 기다란 드레스에 하얀 모자를 쓰고 앞치
마를 두른 차림이었습니다.

잭은 프릴이 달린 셔츠에 웃옷을 입고 있었어요.
거기에 반바지, 목이 긴 양말, 가죽 구두 그리고 모
자 차림이었죠. 배낭도 가죽 가방으로 바뀌어 있었

14

습니다.

"오빠 모자가 맘에 드는걸. 재밌게 생겼어." 애니가 말했어요.

"네 모자도 그래." 잭도 한마디 했어요.

"오빠 모습이 꼭 미국에 처음 건너온 필그림 파더스 같아." 애니가 또 한마디 했어요.

"너도 마찬가지야. 아! 우리는 지금 바로 그 시대로 와 있는 게 틀림없어." 잭이 말했어요.

잭과 애니는 앞 다투어 창문으로 갔어요.

마법의 오두막집은 숲 끄트머리에 있는 높다란 참나무에 내려앉아 있었습니다. 빨갛고 노란 단풍잎들이 서늘한 바람에 바스락거리는 소리를 내고 있었어요. 숲을 지나 작은 마을이 있고 그 마을 너머에는 드넓은 바다가 펼쳐졌어요.

"내 말이 맞는 것 같아. 학교에서 배운 거랑 풍경이 비슷해." 잭이 말했어요.

잭은 책을 펼쳐서 바닷가 마을의 그림을 찾아냈

어요. 잭은 큰 소리로 책을 읽었습니다.

1620년, 102명의 사람들이 메이플라워호라는 배를 타고 영국에서 아메리카 대륙으로 건너갔다. 배에 탄 많은 사람들은 종교의 자유를 원했다. 그들은 영국 왕이 시키는 대로가 아니라 자기들 방식으로 하느님

을 믿고 싶어 했다. 새로운 땅에서 새로운 삶을 찾으려고 배를 탄 사람들도 있었다. 오늘날 우리는 메이플라워호를 타고 항해했던 사람들을 통틀어 '필그림 파더스'라고 부른다.

"맞다!" 애니가 말했어요.
잭은 계속해서 읽어 내려갔어요.

필그림 파더스는 뉴욕 근처에 정착하려고 했다. 하지만 폭풍우 때문에 배가 북쪽으로 밀려갔다. 그들은 지금의 메사추세츠 주 어느 만에 있는 바닷가에 상륙했다. 그곳은 필그림 파더스가 상륙하기 6년 전에 존 스미스 선장이 그곳을 탐험하고는 플리머스 만이라고 이름을 지은 곳이었다.

"플리머스? 거긴 추수 감사절 잔치가 처음으로 열렸던 곳이야!" 애니가 아는 체했습니다.

"아, 맞다!" 잭은 씩 웃었어요.

"와! 우리 반에서 전에 『처음 맞는 추수 감사절』이라는 연극을 했는데." 애니가 말했어요.

"우리 반에서도 했어." 잭이 한마디 했어요.

"난 프리실라 역을 했어." 애니가 자랑했습니다.

"난 칠면조 역." 잭이 말했어요.

"그럼 진짜 프리실라를 곧 만나게 되겠네! 스퀘토랑 브래드포드 총독이랑 마일즈 스탠디시 선장도!

18

가자!" 애니는 기분이 들떴어요.

애니는 줄사다리를 타고 내려가기 시작했습니다.

"기다려! 만나면 뭐라고 말할 건데?" 잭이 물었어요.

"그냥 인사나 하고 대충 둘러대지 뭐." 애니가 대답했어요.

"너 제정신이니? 이상하게 생각할 거야! 그러니까 작전을 짜야 한단 말이야." 잭은 책을 가방에 넣으며 말했어요.

잭은 가방을 어깨에 메고서 서둘러 애니를 따라 줄사다리를 타고 내려갔습니다.

"야, 내 말 좀 들어, 작전이……." 잭이 이야기를 꺼내려는데 애니가 말을 가로챘어요.

"작전이 필요한 건 아는데 우선은 마을 가까이 가서 살펴보자."

"알았어. 하지만 아무한테도 들키면 안 돼. 조심조심 조용히 가야 해." 잭이 말했어요.

잭과 애니는 숲 속을 살금살금 걷기 시작했어요. 하지만 '조용히' 걸을 수는 없었어요. 낙엽이 잭과 애니의 가죽신 밑에서 자꾸 바스락거렸거든요.

"쉿!" 잭이 말했어요.

"나도 어쩔 수 없단 말이야. 오빠도 소리를 내면서, 뭘!" 애니가 투덜거렸어요.

"그럼 여기서 잠깐 멈추고 저 나무 뒤에 가서 이 주변을 살펴보자." 잭이 말했어요.

잭은 숲 끄트머리에 있는 나무 뒤에 쪼그리고 앉았어요. 저 멀리, 억새 지붕을 이고 죽 늘어서 있는 세모꼴의 자그마한 통나무 집들이 보였습니다.

잭은 책을 꺼냈어요. 그러고는 그 마을에 대한 설명이 나와 있는 부분을 찾았습니다. 잭은 안경을 추어올리고 눈으로 책을 읽었어요.

필그림 파더스는 닭, 거위, 염소, 양 그리고 농사 지을 씨앗을 영국에서 가져왔다. 그들은 들짐승을 잡는 덫을 만드는 법도 알고 있었다. 하지만 스퀘토라는 왐파노아그 인디언이 옥수수 농사법을 가르쳐주지 않았다면 그들은 살아남지 못했을 것이다.

"안녕?" 애니가 속삭였어요.

잭은 고개를 들었습니다.

애니는 삐쩍 마른 누런 개에게 말을 걸고 있었어요. 그 개는 잭과 애니 곁에 있는 나무의 냄새를 맡고 있었죠.

"개한테 들키지 않게 조심해." 잭이 속삭였어요.

"왜?" 애니가 물었어요.

그 순간 개가 잭과 애니를 보더니 짖어 댔어요.

"왜 그런지 이제 알겠냐?" 잭이 핀잔을 주었어요.

삐쩍 마른 개는 짖고 짖고 또 짖었어요.

두 남자가 마을 반대편에서 뛰어왔어요. 점점 더 많은 사람들이 나타났습니다. 그들은 모두 개가 짖는 쪽을 바라보았어요.

"이크, 큰일 났다! 돌아가자! 아직 작전도 못 짰잖아!" 잭은 이렇게 말하고는 책을 갖고 나무 뒤에서 나왔어요. 그런데 갑자기 뭔가가 잭의 발목을 꽉 잡았습니다. 그러더니 나뭇가지가 척 하는 소리를 내며 움직였어요.

"으아아아!" 잭은 공중으로 붕 끌어올려지면서 외마디 비명을 질렀어요.

3
잭, 덫에 걸리다!

"오빠!" 애니가 다급하게 소리쳤어요.

삐쩍 마른 개는 기분이 좋아서 멍멍 짖으며 마구 날뛰었습니다.

잭은 발목에 밧줄이 묶인 채 거꾸로 매달려 있었어요. 안경이랑 모자랑 가방이 땅에 떨어졌습니다. 잭은 피가 머리로 쏠리는 게 느껴졌어요.

"사냥을 하려고 놓아둔 덫을 밟았나 봐." 잭은 숨이 턱턱 막혔어요.

"내가 풀어 줄게." 애니가 밧줄을 잡아 보려고 했지만 너무 높았어요.

개가 마구 짖어 대는 사이 사람들 목소리가 들렸어요. 잭은 안경이 없어 앞이 흐릿했지만 꽤 여러 사람이 주위로 모여든 것 같았어요.

"어머나, 이를 어쩌나!" 어떤 여자가 소리쳤어요.

"이런, 사내아이를 잡고 말았군!" 어떤 남자가 말했어요.

개가 잭의 얼굴을 핥았습니다.

"도와주세요." 잭은 간신히 말했어요.

듬직하게 생긴 남자가 개를 쫓더니 잭을 붙들었어요. 그리고 다른 한 사람이 작은 칼로 밧줄을 끊었습니다. 그런 다음 그 두 사람은 잭을 땅에 살며

시 내려놓아 주었어요.

잭은 낙엽 위에 앉았어요. 머리가 어질어질했죠. 잭은 발에서 밧줄을 벗겨 내고 발목을 문질렀어요.

"여기." 애니는 잭에게 안경과 모자와 가방을 주었어요.

잭은 안경과 모자를 쓰고 가방을 두른 다음 일어섰어요. 그제야 모든 것이 뚜렷이 보였습니다. 사오십 명쯤 되는 사람들이 잭과 애니를 빤히 바라보고 있었어요. 남자랑 여자 그리고 아이들도 있었어요. 아이들은 웃고 있었습니다.

여자 아이들은 여자 어른하고, 남자 아이들은 남자 어른하고 옷차림이 똑같았습니다.

그렇지만 딱 한 사람, 다르게 보이는 사람이 있었어요. 그 남자는 피부가 갈색이었는데 어깨에는 사슴 가죽을 두르고 쫑쫑 땋은 검은 머리에 깃털을 하나 꽂고 있었습니다.

'저 사람이 스퀘토일까? 필그림 파더스를 도와주었

26

다는 그 왐파노아그 인디언 맞나?' 잭은 궁금했어요.

　남자 두 명이 앞으로 나왔습니다. 한 사람은 웃는 얼굴이고 한 사람은 찡그린 얼굴이었어요.

　"안녕들 하신가? 그런데 그대들은 누구지?" 인자한 얼굴을 한 남자가 옛날 사람의 말투로 물었어요.

　"전 애니고 이쪽은 우리 오빠 잭이에요. 저희들은 평화를 사랑해요." 애니가 말했어요.

　"플리머스 마을에 온 것을 환영한다. 나는 브래드포드 총독이다. 이쪽은 스탠디시 선장이시고."

그 사람이 말했습니다.

스탠디시 선장은 계속 인상을 쓰고 있었어요. 그는 어깨에 기다란 총을 메고 있었습니다.

"우아!" 애니가 말했어요.

"우아?" 스탠디시 선장이 물었어요.

"우아?" 다른 사람들도 무슨 말인지 모르겠다는 듯 웅성거렸어요. 그때는 '우아'라는 말을 쓰지 않았던 거예요.

"방금 여러분에 대해서 많은 이야기를 들었어요. 프리실라도 여기 있어요?" 애니는 주위를 둘러보며 물었어요.

"쉿!" 잭이 속삭였어요.

"내가 프리실라야." 한 아가씨가 나섰어요. 열일곱 살이나 열여덟 살 쯤 된 것 같았어요. 얼굴은 지쳐 보였고 눈빛은 쓸쓸했어요.

"안녕하세요? 제가 당신이었어요." 애니는 수줍게 말했습니다.

"애니, 제발!" 잭이 말렸어요.

"그대가 나였다니?" 프리실라가 어리둥절해 하며 물었어요.

"제 동생 말에 신경 쓰지 마세요. 좀 모자란 애거든요."

"모자?" 프리실라가 말을 되받았어요.

"모자?" 다른 사람들도 웅성거렸어요.

"못 말리겠군!" 잭은 답답한 마음에 웃으며 말했어요.

"모자를 못 말려?" 프리실라가 그 말을 또 되받았어요.

애니는 키득키득 웃기만 했죠.

"아, 아무것도 아니에요. 저희 집에서는 그렇게들 말해요."

"그런데 그대의 집은 어디지?" 스탠디시 선장이 물었어요. 그는 브래드포드 총독이나 프리실라만큼 친절하지는 않았어요.

"저, 북쪽에 있는 마을에 살아요. 부모님 심부름 왔어요. 그게……. 옥수수 농사를 짓는 법을 배워 오라고 보내셨어요."

잭은 책에 나와 있는 내용을 떠올리며 둘러댔습니다.

"그런데 그대의 가족은 언제 어떻게 아메리카로 오게 되었지?" 선장이 꼬치꼬치 캐물었어요.

잭은 슬슬 걱정이 되었어요. 이야기를 꾸며 대기 시작한 이상 도로 주워 담을 수는 없으니까요. 다행히도 잭은 책에 나와 있던 또 다른 이야기를 기억해 냈습니다.

"존 스미스 선장님과 함께 배를 타고 왔어요. 선장님이 해안을 탐험하실 때 말이에요. 그때 저와 애니는 아기였지요."

"아, 그런가?" 브래드포드 총독이 말했어요.

"진짜예요." 잭은 고개를 끄덕이며 말했습니다.

"스퀘토는 존 스미스 선장이 플리머스에 있을 때

선장과 아는 사이였지, 아마? 그 사람이라면 그대들을 기억할 것이다." 스탠디시 선장이 말했어요.

그 자리에 있던 사람들이 모두 머리를 땋은 남자를 바라보았습니다.

'이크, 큰일 났다!' 잭은 가슴이 철렁했어요. 스퀘토가 잭을 기억하지 못할 게 뻔했으니까요.

"이 아이들 말이 존 스미스 선장과 함께 배를 타고 왔다는군. 자네, 잭과 애니라는 이름의 갓난아기들을 기억하는가?" 브래드포드 총독이 물었습니다.

스퀘토는 잭과 애니에게 다가가서 얼굴을 잘 살폈어요. 잭은 숨을 죽였습니다. 심장이 쿵쾅거리며 마구 뛰었어요.

스퀘토는 총독을 돌아보며 차분하게 말했어요.

"예, 기억합니다."

4
물고기를 잡아먹고 산다고?

애니가 활짝 웃으며 인사를 했어요.

"안녕하세요, 스퀘토?"

"반갑구나, 애니."

스퀘토는 잭과 애니를 보고 미소를 지었습니다.

잭은 너무 놀라서 아무 말도 할 수가 없었어요.
'어째서 스퀘토는 우리를 기억한다고 말했을까? 다
른 아이들하고 헛갈렸을까?' 잭은 궁금했어요.

스탠디시 선장 역시 놀란 얼굴이었어요. 하지만

브래드포드 총독은 다정하게 웃어 주었습니다.

"신기한 일이로군. 우리를 찾아온 어린 친구들은 모두 환영이다. 어린이는 하느님의 선물이니까. 어디서 왔든 상관없어." 총독은 이렇게 말했어요.

'참 멋진 생각이야.' 잭은 생각했어요.

바로 그때 한 소년이 뛰어와서 소리쳤어요.

"매사소이트 추장님이 남자들을 아흔 명이나 데리고 왔어요!"

소년은 옥수수 밭 옆길로 걸어오는 인디언 남자들의 긴 행렬을 가리켰습니다.

왐파노아그 인디언 부족의 우두머리인 매사소이트 추장이 앞장서서 걸어왔어요. 얼굴을 붉게 칠하고 몸에는 털가죽과 하얀 구슬 목걸이를 걸치고 있었죠.

브래드포드 총독, 스탠디시 선장 그리고 스퀘토가 손님들을 맞으러 갔어요.

"이를 어째!" 한 여인이 중얼거렸어요.

모두들 걱정스러운 얼굴이었습니다.

"무슨 걱정이 있으세요?" 애니가 물었어요.

"그런 건 아니고. 우리 가을걷이 잔치에 매사소이트 추장과 그 부족 사람들을 초대했는데 저렇게 많이 올 줄은 몰랐어. 음식을 많이 준비하지 않았거든." 프리실라가 설명해 주었어요.

브래드포드 총독과 스퀘토는 추장과 이야기를 했어요. 그러고 나서 스퀘토는 남자 몇 명을 데리고 숲으로 가고 총독은 사람들이 있는 곳으로 돌아왔습니다.

"왐파노아그 사나이들이 사슴을 더 잡기로 했다. 하지만 우리도 더 많은 음식을 준비해야 해. 프리실라, 아이들에게 각자 할 일을 이야기해 줘라." 총독이 말했습니다.

아이들은 프리실라 주위에 모여들었고 어른들은 마을로 돌아갔어요. 프리실라는 물 길어 오기, 상 차리기, 채소 뽑아 오기, 작은 동물 사냥해 오기 등의 임무를 아이들에게 각각 나누어 주었어요.

할 일을 맡은 아이들은 일을 하러 바삐 가 버렸어요. 마침내 잭과 애니 그리고 큼직한 바구니를 든 자그마한 여자 아이만 남게 되었습니다.

"잭, 그대는 사내아이들하고 함께 새 잡이를 하는 게 어떨까?" 프리실라는 개를 데리고 방금 출발한 사내아이들 무리를 가리키며 말했어요.

잭은 당황해서 프리실라를 쳐다보았어요. '새 잡이? 무슨 말이지?' 잭은 알 수가 없었어요.

"새 잡이가 뭐예요?" 애니가 물었어요.

"진정 그것을 몰라서 하는 말인가? 당연히 새를 사냥하는 거지." 어린 소녀가 일러 주었습니다.

"오빠는 새를 못 잡아요." 애니가 말했어요.

"진짜? 그대들은 그럼 무엇을 먹고 살아?" 어린 소녀는 호기심에 차서 물었어요.

"우리는, 그러니까……." 잭은 입이 얼었어요.

"우린 물고기를 잡아먹고 살아!" 애니가 얼떨결에

둘러댔어요.

'물고기를 잡아먹고 산다고?' 잭은 생각했어요.

"어머, 잘됐구나! 그럼 그대들은 뱀장어와 조개를 넉넉히 잡아 오너라. 150명쯤 되는 사람들을 먹여야 하니까." 프리실라는 이렇게 말하고 어린 소녀에게서 바구니를 받아 애니에게 주었습니다.

“그럼 이따가 보자꾸나! 메리하고 나는 가서 음식
을 만들어야 하거든.” 프리실라는 손을 흔들었어요.

“저기…….” 잭이 불렀지만 프리실라는 물어볼
틈도 주지 않고 어린 소녀와 함께 마을을 향해 가
버렸어요.

5
징그러운 뱀장어와 불쌍한 조개

"더는 못 있겠다."

잭은 애니를 보며 말했어요.

"뭐? 지금은 집에 못 가. 필그림 파더스를 도와줘
야지." 애니가 말했습니다.

"그렇지만 우리는 아무것도 할 줄 모르잖아! 게다
가 스퀘토가 결국에는 우리가 모르는 애들이라는 걸
생각해 내고 말거야. 게다가……." 잭이 핑계거리
를 늘어놓았어요.

"그렇게 걱정할 것 없어. 해마다 엄마랑 아빠가 추수 감사절 만찬 준비하실 때 우리가 도와드렸잖아. 우리는 필그림 파더스도 도울 수 있어. 하지만 시간이 별로 없어!" 애니는 이렇게 말하더니 큼직한 바구니를 들고 바닷가 쪽으로 달려가기 시작했어요. 잭은 마지못해 애니를 따라 뛰어갔습니다.

바위투성이 바닷가에 다다른 잭과 애니는 멈춰서서 주위를 둘러보았어요. 잔잔한 파도가 좁다란 모래톱에 밀려왔다 밀려갔습니다. 짭짤한 바닷바람이 상쾌했어요. 갈매기들은 물속으로 몸을 내리꽂았다가 날아오르곤 했습니다.

"뱀장어들은 어디 있을까? 조개들은 또 어딨지?" 애니가 말했어요.

"책을 찾아볼게." 잭은 책을 꺼냈어요. 찾아보기에서 '뱀장어'를 찾은 잭은 거기 적힌 쪽수를 펼쳐서 소리 내어 읽었습니다.

스퀘토는 필그림 파더스에게 뱀장어 잡는 법을 가르쳐 주었다. 맨발로 젖은 모래를 밟아서 뱀장어가 모래 밖으로 나오게 해서 손으로 잡았다.

"그것 참 재미있겠다!" 애니는 바구니를 내려놓고 신발과 양말을 벗었어요. 한 손으로 긴 치맛자락을 붙든 애니는 바위를 넘어서 물가로 갔습니다.

잭도 책을 가방에 넣고 신발과 양말을 벗은 후에 애니에게로 갔어요.

둘은 맨발로 젖은 모래를 후벼 팠어요.

"아무것도 만져지지 않는데." 잭이 말했어요.

"물속으로 들어가자." 애니가 말했습니다.

둘은 함께 앞으로 걸어갔어요.

"으으, 차가워!" 애니가 말했어요.

"장난이 아닌데!" 잭도 몸을 부르르 떨었습니다.

잭은 발가락을 움직여 갯벌을 더듬어 보았어요. 자갈돌과 조개껍데기가 발에 닿았어요. 그러다가 뭔가 미끈한 것이 느껴졌습니다.

　"야, 하나 찾은 것 같아." 잭이 말했어요.

　"어디?" 애니가 첨벙거리며 잭에게 갔습니다.

　"물러서 봐. 여기야."

　잭이 발로 땅을 세게 후벼 파자 미끈거리는 것이

움직였어요! 잭은 더 세게 밟았어요. 그러자 뱀장어 한 마리가 물속으로 쑥 빠져나왔습니다!

잭은 두 손으로 뱀장어를 잡았어요.

"으악!" 잭이 소리쳤어요.

뱀장어는 뱀처럼 길고 가느다랬어요. 미끈미끈한 것이 보기에도 징그러웠습니다. 뱀장어는 몸을 이리저리 꿈틀댔어요. 애니는 뱀장어를 놓치지 않으려고 쩔쩔매는 잭을 보고 깔깔 웃었어요.

뱀장어는 결국 잭의 손에서 빠져나와서 애니 앞으로 떨어졌습니다.

"엄마야!"

애니는 펄쩍 뛰다가 그만 잭하고 부딪쳤어요.

둘은 꽥 소리를 지르면서 차가운 바닷물에 함께 첨벙 빠지고 말았죠.

둘은 엉거주춤 일어나서 첨벙거리며 바닷물에서 나왔어요. 그래도 애니는 계속 웃었어요.

"불쌍한 뱀장어! 그 친구는 우리 때문에 아마 간

이 콩알만 해졌을걸!"

애니는 웃음을 가라앉히려고 애쓰며 말했어요.

"친구?" 잭이 말했어요.

"뱀장어는 그만두자." 애니의 이가 딱딱 부딪혔어요. "조, 조개는 어떻게 잡아?"

잭도 물에 젖어서 추웠어요. 하지만 다시 책을 꺼내서 '조개'를 찾아 소리 내어 읽었습니다.

스퀘토는 필그림 파더스에게 코호그라고 불리는 조개를 캐는 법을 가르쳤다. 코호그 조개는 껍질이 단단하고 60년 넘게 살 수 있다. 가장 오래 산 것으로 알려진 조개는 거의 100년을 살았다. 이 조개는……

"아, 됐어." 애니가 말을 끊었어요.

"왜?" 잭이 물었습니다.

"그 친구들도 못 잡겠다. 그렇게 오래 살 수 있는데 우리가 아까운 목숨을 뺏을 수는 없잖아."

잭은 한숨을 지었어요. 잭은 바위에 걸터앉았습니다. 애니도 잭의 옆에 앉았어요. 둘 다 속옷까지 흠뻑 젖은 데다 발은 온통 진흙투성이였어요. 바구니도 텅 비어 있었습니다.

"어른들을 돕기 위해서 필그림 파더스 어린이들은 또 무슨 일을 할까?" 애니는 궁금했어요.

잭이 책을 다시 펼쳤습니다. '필그림 파더스 어린이'를 찾아 큰 소리로 읽었어요.

필그림 파더스 어린이들은 매우 많은 일을 했다. 울타리를 치고 가축들을 돌봤다. 농사를 짓고 추수를 하고 옥수수를 빻았다. 호박, 완두콩을 따고 밭을 지키기도 했다. 물고기를 잡고 사냥도 했다. 물을 길어 나르고 나무 열매를 모았다. 음식을 만들고 청소도 했다. 시키는 일은 무엇이든 다 했다. 그러면서도 힘들다고 불평하지 않았다.

"어휴, 나는 이 책을 읽는 것만으로도 피곤한데. 우리는 아무래도 엉터리 필그림 파더스 어린이가 되겠다." 잭은 책을 덮으며 말했어요.

"그러게 말이야. 있잖아, 칠면조 굽는 걸 지켜보다가 다 익으면 익었다고 말해 주는 일을 하면 안 될까? 추수 감사절마다 엄마를 도와서 한 일이 그거거든." 애니가 말했어요.

"야, 프로그 마을의 추수 감사절이 필그림 파더스의 추수 감사절하고 같니?" 잭이 핀잔을 주었습니다.

"애니! 잭!" 누군가 둘을 불렀어요.

잭은 재빨리 책을 치우고 돌아보았어요.

프리실라가 바위 위에 서 있었습니다. 누런 늙은 호박 한 덩어리와 노란 호박, 자주색 옥수수가 그득한 바구니를 들고 있었습니다.

"그대들을 찾고 있었어." 프리실라가 말했어요.

6
슬픈 미소를 띤 프리실라

"안녕하세요, 프리실라!" 애니가 말했어요.

"안녕." 프리실라는 잭과 애니한테 걸어왔어요.

"조개와 뱀장어를 바구니 가득 잡았니?" 프리실라
가 물었죠.

"아니, 못 잡았어요." 잭이 말했어요.

"뱀장어가 도무지 말을 들어야 말이죠. 게다가 조
개는 너무 늙었고! 그 친구들 목숨을 빼앗는 게 왠
지 떳떳하지 않은 것 같아서 못하겠어요." 애니가

변명을 늘어놓았어요.

프리실라는 깔깔 웃었어요. 슬픔이 어렸던 프리실라의 눈이 맑게 빛났어요.

"그대들은 정말 별난 아이들이구나. 둘 다 젖어서 춥겠다. 우리 집에 가서 불에 몸을 좀 녹이겠니?" 프리실라가 물었어요.

"예!" 잭과 애니는 입을 모아 외쳤어요.

둘은 발을 물에 씻고 양말과 신발을 신었어요. 잭은 가방을, 애니는 빈 바구니를 집어 들었습니다.

"내가 딴 옥수수와 호박을 그대들 바구니에 좀 덜어 줄까?" 프리실라가 물었어요.

"예, 고마워요!" 애니는 사양하지 않고 옥수수와 호박 몇 개를 프리실라의 바구니에서 덜어 담았습니다.

"그대는 이 늙은 호박을 들고 가고 싶을 것 같은데?" 프리실라가 잭에게 물었어요.

"딩동댕!" 잭이 말했어요.

"딩동댕?" 프리실라가 되물었어요.

"맞다는 말이에요." 잭은 이렇게 말하고 속으로 안심했어요. 빈손으로 돌아가지 않아도 되니까 말이에요.

잭은 묵직한 늙은 호박을 두 팔로 안았습니다. 애니는 바구니를 들었지요. 둘은 프리실라를 따라서 마을로 돌아갔어요.

필그림 파더스와 왐파노아그 인디언들이 널찍한 흙길로 모여들고 있었어요. 여자들은 밖에 놓인 화덕에서 빵을 굽고 사내아이들 몇몇은 나무통 위에 나무판자들을 놓아 탁자를 만들고 있었습니다. 어린 소녀 메리도 물을 길어 나르고 있었습니다.

스퀘토는 매사소이트 추장, 브래드포드 총독 그리고 스탠디시 선장과 함께 앉아서 파이프 담배를 피우고 있었어요.

잭은 제발 메리가 조개와 뱀장어에 대해서 물어보지 않았으면 하고 빌었어요. 또 스퀘토가 존 스미스 선장에 대해서 묻지 않기를 빌고 총독과 선장이 고향에 대해서 캐묻지 않기를 빌었어요. 잭은 큼직한 호박으로 얼굴을 가렸습니다.

프리실라는 작은 집의 문을 열고 잭과 애니를 매캐한 연기가 가득한 어두운 방으로 데려갔어요. 하나밖에 없는 창문으로 들어오는 빛과 피워 놓은 불에서 나오는 빛이 전부였습니다.

"화로 옆에 앉아. 옷이 마르게." 프리실라가 말했어요.

"화로가 어딨어요?" 애니가 주위를 둘러보며 물었어요. 프리실라는 또 한 번 깔깔 웃으며 고개를 가로저었어요.

"거기, 불이 있는 데가 화로지."

잭은 호박과 가방을 내려놓았고 애니는 바구니를 내려놓았어요. 화로가 어찌나 크던지 잭이 들어가 서 있어도 될 정도였어요. 잭과 애니는 탁탁 소리를 내며 타 들어가는 따스한 불에 바짝 다가앉았습니다.

몇 개의 솥단지들이 불 위에 걸려 있었어요. 솥단지 곁에서는 쇠꼬챙이에 끼운 칠면조가 익어 가고 있었죠.

"추수 감사절 칠면조다." 애니가 속삭였습니다.

"근사하다!" 잭이 말했어요. '최초의 추수 감사절 칠면조구나.'

"몸을 말리는 동안 그 옥수수 푸딩 좀 저어 주겠니?" 프리실라가 솥단지 가운데 한 개를 가리키며 말했어요.

"예." 잭은 선뜻 대답했어요.

프리실라는 화로 근처에 있는 물병에서 나무 국자를 꺼내 잭에게 주었어요. 잭은 보글보글 끓고 있는 되직한 푸딩 솥에 국자를 넣고 저었습니다.

"나는 나무 열매를 모아 와야겠다. 내가 올 때까지 그대들은 밑동을 재 가까이 옮겨 놓고, 해물 차우더*에 푸성귀를 넣고 저어 주려무나." 프리실라가 일렀어요.

"알겠습니다." 애니가 대답했어요.

하지만 프리실라가 나가자마자 애니는 잭에게 물었어요.

"오빠, '밑동'은 뭐고 '푸성귀'는 뭐야?"

"책을 봐." 잭이 대꾸했습니다.

애니는 잭의 가방에서 책을 꺼냈어요. '밑동'을 찾아서는 소리 내어 읽었습니다.

필그림 파더스는 몇몇 채소들을 밑동이라고 불렀다. 밑동은 당근, 순무 등 땅속에서 자라는 채소들이다.

"아하!" 잭은 화로 근처에 있는 당근과 순무들을 집어서 재에 가까이 옮겨 놓았습니다.

그리고 애니는 책에서 '푸성귀'를 찾아서 소리 내어 읽었어요.

---

*생선 혹은 조개에 절인 돼지고기, 양파 등을 섞어 끓인 탕 요리. (옮긴이)

땅 위에서 자라는 잎채소를 '푸성귀'라고 불렀다.
그들은 푸성귀로 샐러드를 만들었고 말린 푸성귀는
수프나 해물 차우더에 맛을 내는 데 썼다.

잭은 천장 아래 서까래에 매달린 마른 채소들을

보았어요.

"저게 푸성귀일 거야." 잭은 말했습니다.

애니는 잎사귀 하나를 뜯어서 냄새를 맡아 보았어요.

"음, 냄새 좋은데. 이게 해물 차우더일 거야. 바다 냄새가 나거든." 애니는 솥단지 가운데 하나를 들여다보며 말했습니다.

애니는 잎사귀를 잘게 찢어서 차우더에 넣었습니다. 그러고는 물병에서 국자를 하나 더 꺼냈어요. 잭과 애니는 둘 다 솥단지에 든 것을 열심히 저었습니다.

"아주 잘했어!" 프리실라는 부엌으로 다시 들어와 말했어요.

잭은 활짝 웃었습니다. 불 때문에 몸이 후끈거리고 땀이 났어요. 연기 때문에 눈도 따가웠지요. 그래도 잭은 좋았어요. '마침내' 잭도 쓸모 있는 일을 해냈으니까요.

프리실라는 호두 몇 알을 불 가까이에 놓았어요.

"스퀘토가 어떤 나무 열매가 먹기 좋은지 가르쳐 주었단다." 프리실라가 말했어요.

"스퀘토는 원래 많은 것들을 그대들에게 가르쳐 주었으니까요." 애니가 아는 체했어요.

"우리 목숨도 구해 주었어. 작년 겨울에 우리는 추위와 굶주림에 시달렸거든. 절반이 죽었지." 프리실라는 차분히 말했어요.

"왜요?" 애니는 깜짝 놀라 물었어요.

"아파서. 열병이 우리 어머니, 아버지 그리고 오빠를 데려갔어." 프리실라의 눈시울이 붉어졌어요.

아무도 말이 없었습니다. 타닥타닥 장작이 타는 소리만이 방을 메웠어요.

"정말 가슴이 아파요." 애니가 프리실라를 안으면서 말했습니다.

"저도요. 안됐어요." 잭도 말했어요.

"고맙구나. 정말 끔찍한 겨울이었어. 하지만 우리

는 결코 희망을 버리지 않았단다. 그리고 지금은 하느님께 감사드릴 뿐이지. 추수가 잘 되었고 이웃들하고도 사이좋게 지내게 되었잖아." 프리실라는 쓸쓸한 미소를 지으며 말했어요.

잭은 불빛에 비쳐 발그레한 프리실라의 모습이 참 아름답다고 생각했어요. 상냥한 마음씨뿐 아니라 그 꿋꿋함이 아름답게 보였거든요.

"자, 가 보자. 특별한 일이 벌어질 거야. 그대들도 보고 싶지 않니?" 프리실라는 눈물을 닦고 일어섰어요.

"딩동댕! 아니, 제 말은…… 보고 싶다고요." 애니가 말했어요.

애니와 잭은 벌떡 일어나 프리실라를 따라 밖으로 나갔습니다.

7
총연습과 총 연습

프리실라는 잭과 애니를 데리고 마을을 벗어나서
는 드넓은 벌판으로 향했어요. 필그림 파더스와 왐
파노아그 인디언들은 벌써 거기 모여 있었습니다.

잭은 북소리가 들렸어요. 하지만 무슨 일이 벌어
지고 있는지는 보이지 않았어요.

"서둘러라, 안 그러면 놓치고 말 거야." 프리실라
가 재촉했어요.

"뭘 놓쳐요?" 애니가 물었습니다.

"스탠디시 선장님이 남자들과 사내아이들을 지휘할 거야. 총 연습을 할 거거든." 프리실라가 일러주었습니다.

'무슨 총연습을 지휘한다는 거지? 우리도 해야 하나?' 잭은 아리송했어요.

잭은 프리실라를 따라 사람들 쪽으로 허겁지겁 가면서 악단을 지휘하는 연습을 했어요. 팔을 양쪽으로 쭉 뻗었다가 공중에서 동그라미를 그리기도 하고 팔을 올렸다 내렸다하기도 했지요.

프리실라가 그런 잭을 우연히 보았어요.

"잭, 뭐하는 거지?" 프리실라가 물었습니다.

"지휘 연습이요." 잭이 대꾸를 했어요.

프리실라는 미소를 짓더니 이내 참지 못하고 소리 내어 웃기 시작했어요. 웃고, 웃고, 또 웃고.

잭은 멋도 모르고 덩달아 웃었어요.

벌판에서 요란하게 땅! 소리가 들려왔어요.

잭은 펄쩍 뛰었죠. 웃음도 멈췄습니다.

연기가 한 줄기 공중으로 피어올랐어요. 사람들이 갈라지면서 잭은 필그림 파더스 남자들과 소년들이 자랑스레 장총을 들고 있는 모습을 보게 되었습니다.

　　"방금 무슨 일이 생긴 거예요?" 애니가 물었어요.

　　"남자들이 머스켓 총을 쏜 거란다. 특별한 날이면 남자들은 무기를 뽐내고 싶어 하거든." 프리실라가 설명해 주었어요.

'아하! 이제야 알았다. 저 장총이 바로 머스켓이구나! 그러니까 총 쏘기 연습을 지휘한다는 거였구나! 난 또 괜히 멍청하게 악단을 지휘하는 줄 알았지 뭐야!' 잭은 생각했습니다.

잭은 얼굴이 달아올랐어요. '프리실라는 나를 바보라고 생각할 게 뻔해.' 잭은 생각했지요.

하지만 프리실라는 잭을 보며 다정하게 미소를 지어 주었어요.

"잭, 나를 웃게 해 줘서 고마워. 꽤 오랫동안 별로 웃어 보지 못했거든."

잭은 일부러 프리실라를 웃겨 주려고 그랬던 것처럼 어깨를 으쓱했어요.

"이제 잔치 음식을 차릴 때가 되었네. 나는 빵을 가져와야 해." 프리실라가 말했어요.

"저희들은 뭘 할까요?" 잭이 물었습니다.

"우리 집에 가서 칠면조를 꼬챙이에서 빼서 큰 접시에 담아 탁자에 갖다 놓으렴."

"와, 잘됐다. 칠면조는 우리가 맡을 게요! 제가
요, 집에서 항상 칠면조 당번이었거든요!" 애니가
나섰어요.

"잘됐구나. 오늘은 우리 집을 너희 집처럼 여겨주
었으면 좋겠다." 프리실라가 말했어요.

잭도 기분이 들떴습니다. 동생과 함께 이제 곧

'최초의 추수 감사절'에서 최초의 칠면조를 상에 내
놓을 참이었으니까요! 둘은 한달음에 연기 가득한
집 안으로 들어갔어요.

"큰 접시는 어디 있지?" 잭은 주위를 둘러보았어

요. 펀펀한 나무 받침이 보였어요.

"저게 맞을 거야." 잭이 말했어요.

"그런데 칠면조를 어떻게 올려놓지?" 애니가 나무 접시를 들고 물었어요.

잭과 애니는 불에 가까이 가서 쇠꼬챙이에 끼워진 칠면조가 구워지고 있는 모습을 멍하니 바라보았어요.

"저게 꼬챙이일 거야." 손잡이가 달린 쇠꼬챙이는 쇠로 된 받침대 위에 걸쳐져 있었습니다.

"내가 꼬챙이를 들 테니까 둘이 함께 칠면조를 뽑아서 접시에 놓자." 잭이 안경을 추어올리며 말했어요.

"조심해." 애니가 말했어요.

잭은 손을 뻗어서 쇠꼬챙이의 손잡이를 움켜쥐었어요.

"앗, 뜨거워!" 잭은 소리를 꽥 질렀어요. 손잡이가 보통 뜨거운 것이 아니었거든요! 잭이 후다닥 손을 빼자 그 바람에 쇠꼬챙이가 받침대에서 툭 떨어지고 말았어요.

당연히 꼬챙이에 끼워진 칠면조가 불 위로 떨어졌지요. 칠면조에서 나온 기름이 지글거리더니 칠면조에 불이 붙었어요! 불길이 확 하고 피어올랐습니다!

"앗!" 잭과 애니가 동시에 소리를 질렀어요. 놀란 둘은 화로에서 뒤로 물러났습니다.

잭은 바닥에 있던 물 단지를 들어 불에 물을 부었어요. 불길은 지지직 소리를 냈고 이내 연기가 피어올랐습니다. 연기가 사라지고 보니 불이 꺼져 있었어요.

하지만 칠면조는 이미 새까맣게 타고 난 다음이었지요.

8
까맣게 타 버린 칠면조

잭은 두 손으로 얼굴을 가렸어요.

"이럴 수가! 내가 방금 필그림 파더스의 칠면조를 태워 버렸어!" 잭은 속상했어요.

"가만있어 봐. 내가 프리실라를 불러올게." 애니가 말했어요.

"아냐, 프리실라한테는 말하지 마." 잭은 울먹였습니다.

"그래도 말해야 해." 애니는 이렇게 말하고 서둘

러 밖으로 나갔습니다.

"나, 난 몰라."

잭은 고개를 들고 타 버린 칠면조를 멍하니 바라
보다가 속상해서 중얼거렸어요.

필그림 파더스는 먹을 것을 구하기 위해서 그토
록 열심히 일을 했는데. 그토록 끔찍한 겨울도 이겨
냈는데. 더군다나 프리실라는 그렇게 가슴 아픈 일
을 겪었는데. 그만 자기가 최초의 추수 감사절을 망
쳐 버렸으니 앞이 캄캄할 뿐이었지요.

문이 열렸습니다. 애니가 프리실라를 이끌고 화
덕 쪽으로 왔어요.

"봐요. 칠면조가 불에 떨어져서 타 버렸어요!" 애
니가 설명했습니다.

"제가 그랬어요." 잭이 털어놓았어요.

칠면조는 물에 젖어 너저분해진 화덕 속에 처박
혀 있었습니다. 프리실라는 다 탄 칠면조를 멍하니
바라보았습니다. 그러고 나서 잭을 바라보았어요.

잭은 차마 프리실라를 마주 볼 수가 없어서 눈길을 돌렸습니다.

"어머, 잭! 마음이 많이 상했구나." 프리실라는 다정하게 말했어요.

"제가 다 망쳐 버렸어요."

잭은 고개를 끄덕거리며 울먹울먹 말했어요.

"아니야, 그렇지 않아. 이리 오렴." 프리실라는 이렇게 말하며 손을 내밀었어요.

프리실라는 잭과 애니를 데리고 화창한 가을볕이 내리쬐는 밖으로 나갔어요.

"봐." 프리실라는 말했습니다.

필그림 파더스 여인들과 아이들이 잔칫상 쪽으로 걸어가는 게 보였어요. 모두들 음식이 가득 쌓인 나무 접시를 들고 있었습니다.

"다른 집에서도 음식을 만들고 있어." 프리실라가 말했어요.

잭은 구운 오리, 칠면조 그리고 사슴 고기를 보았

어요. 구운 생선, 바닷가재, 뱀장어, 조개, 굴도 보였어요. 늙은 호박, 콩 그리고 옥수수, 말린 자두, 나무 열매와 구운 호두, 김이 모락모락 피어오르는 수프와 푸딩이 담긴 단지들, 또 갓 구운 빵도 있었지요.

"이번 가을에는 농사가 잘되었어." 프리실라가 말했어요. "겨우내 먹으려고 채소들을 많이 쟁여 두었단다. 생선도 절여 두고 고기도 말려 두었어. 그리고 오늘 우리 이웃인 왐파노아그 인디언들이 잔치를 위해서 숲에서 사슴을 다섯 마리나 잡아다 주었단다."

잭은 많은 음식들을 보자 마음이 놓였어요.

프리실라는 무릎을 꿇더니 잭의 눈을 들여다보며 말했어요.

"이제 알겠지? 그대는 아무것도 망치지 않았어, 잭. 그대와 애니는 오늘 나를 참 많이 도와주었어. 게다가 그대들 덕분에 웃을 일도 많았어. 남을 도와

주려는 착한 마음으로 일하다가 그렇게 된 거잖아."

잭은 가슴이 뿌듯했어요. 자기는 도무지 아무런 도움도 되지 않았다고 생각했거든요.

"가자. 우리도 다른 사람들 있는 곳에 가서 한 자리씩 끼자꾸나. 그대들도 배고프겠지?" 프리실라가 물었어요.

잭은 고개를 끄덕였어요. 접시에 가득 담긴 음식들을 보니 진짜로 배가 고파졌습니다.

잭과 애니는 프리실라를 따라갔어요.

황금빛 가을 햇살 속에서 잭과 애니는 필그림 파더스랑 왐파노아그 인디언들과 함께 기다란 탁자에 앉았어요.

프리실라는 잭과 애니에게 나무 접시를 주었습니다. 큼직한 하얀 천으로 된 냅킨도 주었어요. 그런 다음 음식을 양껏 담아 주었죠.

식사를 시작하기 전에 브래드포드 총독이 일어나서 말했어요.

"메이플라워호를 타고 여기 온 우리들은 이 땅에서 어떻게 살아가야 할지 참으로 막막했습니다. 하지만 스퀘토가 우리를 도와주러 왔습니다. 오늘 우리는 그에게 감사하고, 우리가 그의 부족들과 함께 나누는 평화에 대해서 감사하고 우리에게 내려진 모든 은총에 감사하는 바입니다."

브래드포드 총독은 잭과 애니를 보았어요.

"우리의 잔치에 온 것을 환영한다. 바로 지금 그대들의 세상, 우리들의 세상 그리고 왐파노아그 인디언들의 세상, 이 세 세상은 더는 셋이 아니라 하나란다. 이것이 바로 함께 사는 세상의 마법이란다." 총독은 말했습니다.

"맞다! 해냈어!" 애니는 손뼉을 치며 잭을 보고 속삭였습니다.

'해내다니, 뭘?' 잭은 생각했어요.

"이제 배부를 때까지 마음껏 먹고 마십시다!" 브래드포드 총독은 냅킨을 어깨에 걸치며 말했어요.

모두들 음식을 먹기 시작하자 애니가 잭에게 귓
속말을 했어요.

"특별한 마법을 찾았어. '함께 사는 세상의 마법' 말이야. 그 수수께끼 기억하지?" 애니는 모건 할머니의 수수께끼를 소곤소곤 읊었어요.

특별한 마법을 찾으려면
오래오래 고생하고 땀 흘린 끝에
마침내 모두 함께 모여
세 개의 세상을 하나로 엮어야 하리.

"아하, 그렇구나!" 잭은 까맣게 잊고 있었어요.
"이제 집에 갈 수 있어." 애니가 말했어요.
"아니, 우선 배부터 채우고 나서." 잭이 말했어요.
잭과 애니는 손가락으로 음식들을 집어 먹고, 먹고, 또 먹었어요. 잭은 자기 접시에 담긴 것은 모조리 맛보았어요. 뱀장어 한 토막과 조개 두 개는 빼고요. 음식들이 모두 꿀맛이었어요. 심지어는 순무까지도.

'정말로 맛있는 음식이란 아름다운 날, 이렇게 밖에서 좋은 사람들과 나눠 먹는 음식이야.' 잭은 음식을 먹으며 생각했습니다.

9
함께 사는 세상의 행복

잔치는 끝이 났습니다. 손님들은 남은 빵 조각으로 각자 접시를 닦았어요. 그러고 나서 냅킨으로 손과 얼굴을 닦았습니다.

잭과 애니도 일어섰어요.

"저희들은 그만 집에 가야 해요." 애니가 프리실라에게 말했어요.

"아, 그대들도 집으로 돌아가야 하겠구나." 프리실라는 말했습니다.

애니는 고개를 끄덕이고는 프리실라의 볼에 입을 맞추었어요.

"여러 가지로 고마웠어요." 애니가 인사했습니다.

잭도 프리실라에게 뽀뽀해 주고 싶었지만 부끄러워서 하지 못했어요.

"고마워요, 프리실라." 잭은 말했어요.

"오히려 내가 그대에게 고맙지, 잭." 프리실라는 이렇게 말하고는 잭의 볼에 뽀뽀해 주었습니다.

잭은 볼이 화끈 달아오르는 것 같았어요.

"실례합니다, 총독님. 저희는 이제 가 봐야 해요." 애니가 브래드포드 총독에게 인사했습니다.

"아, 하지만 아직 옥수수 농사법을 배우지 못했잖아!" 꼬마 메리가 참견했어요.

그때 스퀘토가 벌떡 일어서더니 말했어요.

"이리 오너라. 내가 숲까지 바래다주면서 가르쳐 주마."

"아니에요, 그러실 필요 없어요." 잭은 서둘러 말

했어요. 셋만 있게 되면 스퀘토가 잭과 애니를 만난 적이 없다는 것을 기억해 낼까 봐 겁났거든요.

하지만 스퀘토는 미소를 지으며 잭과 애니가 따라오기만을 기다렸어요.

"모두들 안녕히 계세요!" 애니는 손을 흔들었습니다.

잭도 손을 흔들었어요. 필그림 파더스와 왐파노아그 인디언들 모두 잭과 애니에게 손을 흔들어 주었어요. 삐쩍 마른 개도 멍멍 짖었습니다.

스퀘토는 잭과 애니를 데리고 마을을 벗어나 가을 색으로 물든 숲으로 향했어요. 옥수수 밭을 지날 때 마른 옥수숫대가 바람에 흔들려 서걱서걱하는 소리가 났지요.

스퀘토가 걸음을 멈추더니 밭을 가리켰어요.

"옥수수는 봄에 씨앗을 뿌려야 한다. 참나무 싹이 생쥐 귀만큼 나왔을 때 땅에 씨앗을 뿌리렴." 그가 일러주었습니다.

"아, 잠깐만요, 기다려 주세요." 잭은 수첩과 연필을 가방에서 꺼냈어요. 그날 처음으로 잭에게 메모할 기회가 주어졌던 거예요. 잭은 이렇게 적었습니다.

옥수수 농사를 짓는 법
참나무 싹 = 생쥐의 귀

그런 다음에 잭은 스퀘토를 보며 고개를 끄덕였어요.

"구덩이를 파고 각 구덩이에 썩은 생선 두 마리씩 넣어라."

"썩은 생선이라고요?" 애니는 얼굴을 찡그렸어요.

"그래, 썩은 생선은 밭에 좋은 거름이 되거든. 생선 위에다가 옥수수 씨앗을 네 알 놓아라. 그런 다음에 흙으로 덮어." 스퀘토가 설명했습니다.

잭은 재빨리 받아 적었어요.

썩은 생선 두 마리, 옥수수 씨앗 네 알
흙으로 덮는다.

"됐어요." 잭은 고개를 들었어요.
"이 옥수수 씨앗을 가져가거라." 스퀘토는 조그만
주머니를 내밀었어요.
"고맙습니다." 애니가 그 주머니를 받았어요.

"정말 감사합니다. 그럼 안녕히 계세요." 잭은 스퀘토가 지난 일에 대해서 물어보기 전에 어서 빨리 떠나고 싶어 조바심이 났어요.

"잠깐, 물어볼 것이 있어요. 스퀘토 아저씨는 왜 우리를 기억한다고 말했어요?" 애니가 말했어요.

스퀘토의 검은 눈동자가 반짝였습니다.

"그대들을 기억한다고 말하지는 않았다. 다만 기억한다고 했을 뿐이지." 그는 말했습니다.

"무엇을 기억하는데요?" 애니가 또 물었어요.

"다른 세상에 있다는 것이 어떤 것인지 기억했다. 오래 전 나는 우리 부족과 함께 바닷가에 살았다. 하지만 어느 날 배를 타고 온 사람들이 나를 노예로 삼아서 유럽으로 끌고갔지. 그 낯선 땅에서 나는 외톨이였다. 같이 어울리지 못해서 외로웠고 두려웠지. 오늘 나는 너희들의 눈에서 똑같은 두려움을 보았다. 그래서 너희들을 도와주고 싶었다."

애니가 활짝 웃으며 말했습니다. "고마워요."

"그대들은 앞으로 같이 어울리지 못해서 외로워하고 두려워하는 사람들에게 항상 잘해 주어야 한다. 오늘 그대들이 느꼈던 것을 잊지 마라." 스퀘토가 말했습니다.

"꼭 그럴게요." 잭이 대답했어요.

수첩을 덮기 전에 잭은 마지막으로 한 가지를 더 적었어요.

외롭고 두려운 사람들에게

잘해 주자.

스퀘토는 고개를 숙여 인사를 했습니다.

"잭, 애니야, 잘 가거라."

"안녕히 계세요!" 잭과 애니도 인사를 했어요.

스퀘토는 돌아서서 마을로 갔어요. 해가 지고 있었습니다. 플리머스 마을 전체가 타오르는 노을로

환하게 빛났어요.

"정말 멋진 하루였어." 애니가 말했습니다.

"그래, 정말 그랬어." 잭도 말했습니다.

"집에 갈 준비 됐어?" 애니가 한숨 쉬며 물었어요.

"당연하지." 잭이 말했어요.

잭과 애니는 숲 속을 달리기 시작했습니다. 걸을 때마다 울긋불긋한 낙엽들이 바스락 바스락 소리를 냈어요. 잭과 애니는 줄사다리를 타고 올라가 나무 위에 있는 마법의 오두막집 안으로 들어갔습니다.

멀리서 필그림 파더스의 찬송가와 왐파노아그 인디언들의 북소리가 들려왔어요. 애니는 펜실베이니아에 대한 책을 집어 프로그 마을 숲의 그림을 가리켰어요.

"집에 가고 싶다!" 애니가 말했습니다.

"안녕, 프리실라!" 잭이 소리쳤어요.

"안녕, 스퀘토!" 애니도 인사했습니다.

"모두들 안녕!"

바람이 불기 시작했어요.

바람은 점점 거세졌습니다.

나무 위 마법의 오두막집이 빙글빙글 돌기 시작
했어요.

점점 더 빨리 더 빨리.

그러다가 사방이 잠잠해졌어요.

쥐 죽은 듯이.

10
고마운 마음 한가득

잭은 눈을 뜨고는 후유 하고 긴 숨을 내쉬었어요. 옷차림도 원래대로 돌아가 있었고 가죽 가방도 배낭으로 바뀌어 있었어요.

해가 오두막집 안을 비스듬히 비추고 있었어요. 언제나 그랬듯 프로그 마을의 시간은 시간여행을 떠날 때와 같았습니다.

"집에 왔어. 모건 할머니에게 우리가 특별한 마법을 찾았다는 것을 증명해 줄 물건이야." 애니는 옥수수 씨앗이 담긴 주머니를 들며 말했지요.

"함께 사는 세상의 마법." 잭이 말했어요.

애니는 주머니를 바닥에 놓았습니다. 셰익스피어에게서 받았던 두루마리와 구름의 숲에 사는 고릴라에게서 받아 온 나뭇가지 바로 옆 자리에.

"가자." 애니가 말했어요.

잭은 가방에서 책을 꺼내 창 밑에 놓았어요. 그런다음 둘은 줄사다리를 타고 내려왔습니다.

숲 속을 걷는데 훈훈한 바람 한 줄기가 나뭇잎을 흔들며 지나갔어요. 잭은 행복했어요. 잭은 할머니 댁에 가서 사촌들과 작은아빠, 큰아빠 그리고 숙모들을 만날 생각을 하니 마음이 부풀었어요.

"필그림 파더스 아이들은 정말 힘들게 살았어, 그치?" 애니가 말했어요.

"맞아. 어른만큼이나 많은 일을 했어. 어쩌면 더 했을지도 몰라." 잭이 맞장구를 쳤습니다.

"제일 끔찍한 것은 친구들하고 가족들이 아주 많

이 죽었다는 거야." 애니가 말했습니다.

"맞아." 잭이 말했어요.

둘은 잠시 말이 없었습니다.

"그런데도 그렇게 감사하는 마음을 갖고 있었잖아. 그러니까 우리는 진짜로 고마워해야 해." 애니가 의젓한 말을 했습니다.

"에게, 겨우? 진짜 진짜 많이 고마워해야지." 잭이 말했어요.

잭과 애니는 정말 진짜로 감사하는 마음이 가슴 가득 차올랐습니다.

추수 감사절은 언제일까?

1863년 미국의 에이브러햄 링컨 대통령은 11월의 마지막 목요일을 추수 감사절로 정했지만 1939년 프랭클린 루스벨트 대통령이 11월의 네 번째 목요일로 바꾸었다. 11월에 목요일이 다섯 번 있을 수도 있기 때문이었다.

빛의 부족 왐파노아그

'왐파노아그'라는 말은 '첫 번째 빛의 부족'이라
는 뜻이다. 필그림 파더스가 도착했을 때 왐파노
아그 인디언은 뉴잉글랜드 지방의 남동부에서 수
천 년 동안 살아오고 있었다. 그들은 사냥과 낚
시, 농사 기술이 뛰어났다.

 스퀘토는 누구일까?

스퀘토의 진짜 이름은 티스퀸텀이었다. 그는 패터
케트 족 사람으로 이 부족은 아메리카 원주민 가
운데 하나인 왐파노아그 부족 연합에 속해 있었
다. 패터케트 부족은 필그림 파더스가 오기 전까
지는 플리머스에서 살았다. 하지만 스퀘토가 노예

로 잡혀갔다가 1619년 플리머스에 돌아와 보니 1617년에 돌았던 전염병으로 자기 부족들은 모두 죽고 없었다. 영어와 왐파노아그 말을 다 알았던 스퀘토는 필그림 파더스와 매사소이트 추장 간의 평화협상을 도와주었다.

필그림 파더스가 겪은 불행

원래 배를 타고 온 필그림 파더스 중에서 끔찍했던 첫 번째 겨울을 견디고 살아남은 사람은 채 반도 되지 못했다. 하지만 그 후로 필그림 파더스의 숫자는 늘어나기 시작했다. 점점 더 많은 사람들이 영국에서 건너왔고 10년이 못 되어서 플리머스 식민지의 인구는 거의 2,000명으로 늘어났다.

프리실라의 불행과 행복

프리실라 뮬린즈는 상점 주인의 딸로 열여덟 살
되던 해에 미국에 왔다. 그녀는 미국에 온 첫해에
열병으로 부모님과 남동생을 잃었다. 1623년 프
리실라는 나무통을 만드는 기술자인 존 앨든과 결
혼했다. 프리실라와 존은 열 명의 자녀를 두었다.

 필그림 파더스의 어린 소녀 메리

이 책 속의 메리라는 인물은 메리 앨러튼의 이야
기를 바탕으로 한 것이다. 그녀는 필그림 파더스
가 플리머스에 상륙했을 때 어린아이였다. 메리는
메이플라워호의 승객 중에 가장 오래 살았고 1699
년 플리머스에서 여든세 살에 세상을 떠났다.

이 책을 읽는 어린이들에게

　『처음 맞는 추수 감사절』을 쓰기 위해 자료를 조사 하다가 전에는 몰랐던 많은 것을 배웠어요. 최초의 추수 감사절이라고 하면 보통은 1621년 미국의 플리머스 만에 정착한 필그림 파더스와 왐파노아그 인디언들이 하루 동안 일을 쉬면서 함께 감사의 잔치를 벌인 정도로 생각합니다. 그런데 사실은 가을걷이가 잘된 것을 축하하기 위해서 필그림 파더스와 왐파노아그 인디언들이 모여 사흘 동안이나 잔치를 벌이고 음식들을 함께 나누어 먹었대요. 여하튼 미국에서는 이 가을걷이 잔치를 최초의 추수 감사절로 여기고 있답니다. 그 후 200년이 지난 1863년, 에이브러햄 링컨 대통령이 11월의 마지막 목요일을 미국의 추수 감사절로 삼자고 제의했어요.

나는 「마법의 시간여행」 책들을 위해서 자료를 모으는 일이 참 좋아요. 왜냐하면 항상 새로운 것을 배우니까요. 여러분도 잭과 애니와 함께 '처음 맞는 추수 감사절' 잔치 마당을 찾아가서 새로운 것들을 듬뿍 배워 오기를 바랍니다.

메리 폽 어즈번

지은이 | **메리 폽 어즈번**

메리 폽 어즈번은 미국에서 태어났다. 노스캐롤라이나 대학에서 연극을 공부했고, 그리스 신화와 종교에 매료되어 종교학을 공부하기도 했다. 졸업 후에 그리스의 크레타 섬에 있는 동굴에서 생활하기도 했고, 유럽 친구들과 함께 이라크, 이란, 인도, 네팔 등을 비롯한 아시아 16개국을 자동차로 여행하기도 했다. 여행 중에 아프가니스탄에서 지진을 겪기도 하고, 히말라야에서 독이 몸에 퍼져 목숨을 잃을 뻔하기도 했다. 고향으로 돌아온 뒤에는 윈도 디스플레이어, 병원 조무사, 식당 종업원, 바텐더, 어린이 책 잡지 편집자 등 다양한 직업을 가지며 생활했다. 워싱턴에서 관광 가이드로 지내던 중 연극배우이자 감독, 극작가인 지금의 남편 윌 어즈번을 만나 결혼했다.

청소년을 위한 소설 『최선을 다해 뛰어라』라는 작품을 쓰게 되면서부터 본격적으로 작가 생활을 시작했다. 지금까지 17여 년 동안 50여 권 이상의 어린이 책을 썼다. 대표 작품인 「마법의 시간여행 *Magic Tree House*」 시리즈는 공룡, 중세 기사, 미라, 해적 등 다양하고 폭넓은 주제를 다룬 본격 어린이 교양서로 어린이들로부터 열렬한 사랑을 받고 있다.

옮긴이 | **노은정**

연세대학교 영어영문학과를 졸업하고 현재 어린이 책들을 번역하고 있다. 번역 작품으로는 「마법의 시간여행」 시리즈, 「마음과 생각이 크는 책」 시리즈 등과 『사라진 고양이의 비밀』, 『해리야, 잘 자』, 『칙칙폭폭 꼬마 기차』 등이 있다.

마법의 시간여행 27
처음 맞는 추수 감사절

메리 폽 어즈번 지음 / 살 머도카 그림 / 노은정 옮김

1판 1쇄 펴냄—2004년 10월 25일
1판 5쇄 펴냄—2005년 5월 16일

펴낸이 박상희
펴낸곳 (주)비룡소
출판등록 1994. 3. 17.(제16–849호)
주소 135–887 서울시 강남구 신사동 506 강남출판문화센터 4층
전화 영업(통신판매) 515–2000(내선1) / 팩스 515–2007 / 편집 3443–4318~9
홈페이지 www.bir.co.kr

값 6,500원

ISBN 89–491–9081–8 73840
ISBN 89–491–5054–9 (세트)